人形歌集　羽あるいは骨

Le Jardin abandonné

Kawano Megumi
Nakagawa Tari

川野芽生
人形❖中川多理

人形歌集

羽あるいは骨

わたしのからだは何でできてる　やはらかいところとかたいところと、それから

鳥となり飛び立つあたま　かろきものをあふれむばかり詰め込みて、いま

羽蒲団のやうにからだはやはらかい春宵、いづれすべては飛ばう

風通しよきしろき骨のうちがはで夢みる　鳥の骨の飛ぶ夢

わたしのからだは何でできてる　落としたら割れるところとつぶれるところ

物質が眼をひらくとき体内にまねかれずして来る小鳥たち

〈light fawn〉

孔のたくさん空きたる骨で夢をみる空を穿ちて墜ちゆく夢を

肋とふ籠に小鳥を棲まはせてその名を息吹。いまも羽搏く

〈モノクローム／鳥籠〉

鳥の名で呼べば笑つて死のきはにそれはわたしを発つものの名、と

〈コハクチョウ〉

どんな鳥がわたしを発つてゆくだらう、そのとき。骨に風入れて待つ

鳥　それはあなたが殺したいつの日もあなたを啄むものの総称

〈黒ツグミ #2〉

お寝《やす》みよ。

眠れるものは鳥たると否とを問はるることなきゆゑに

〈コトリ #1〉

狩りの眼できみを観てゐる白鷺の身ぬちにねむる幾人のきみ

〈白鷺〉

環をつらね鎖となすも愉しからむ骨と骨とはあやふく触るる

〈ひもろぎ〉

歯の砕くる夢をあなたも見たりしか口より白き種子溢れ出で

〈Platinum white〉

死んだことがある。そのたびに取つて置くおのが屍を人形として

ままごと好きの妹たちが（人形はわたしの方よ）動かす手足

月の夜に手折れば白く乾きゐる肋なりにきやや鹹く

産めよ、殖えよと告げくる者のあばら骨湧き止まざれば手折りやるなり

骨を集めてつくる方舟みづからは顔を水中に沈めつぱなし

〈水琴窟〉

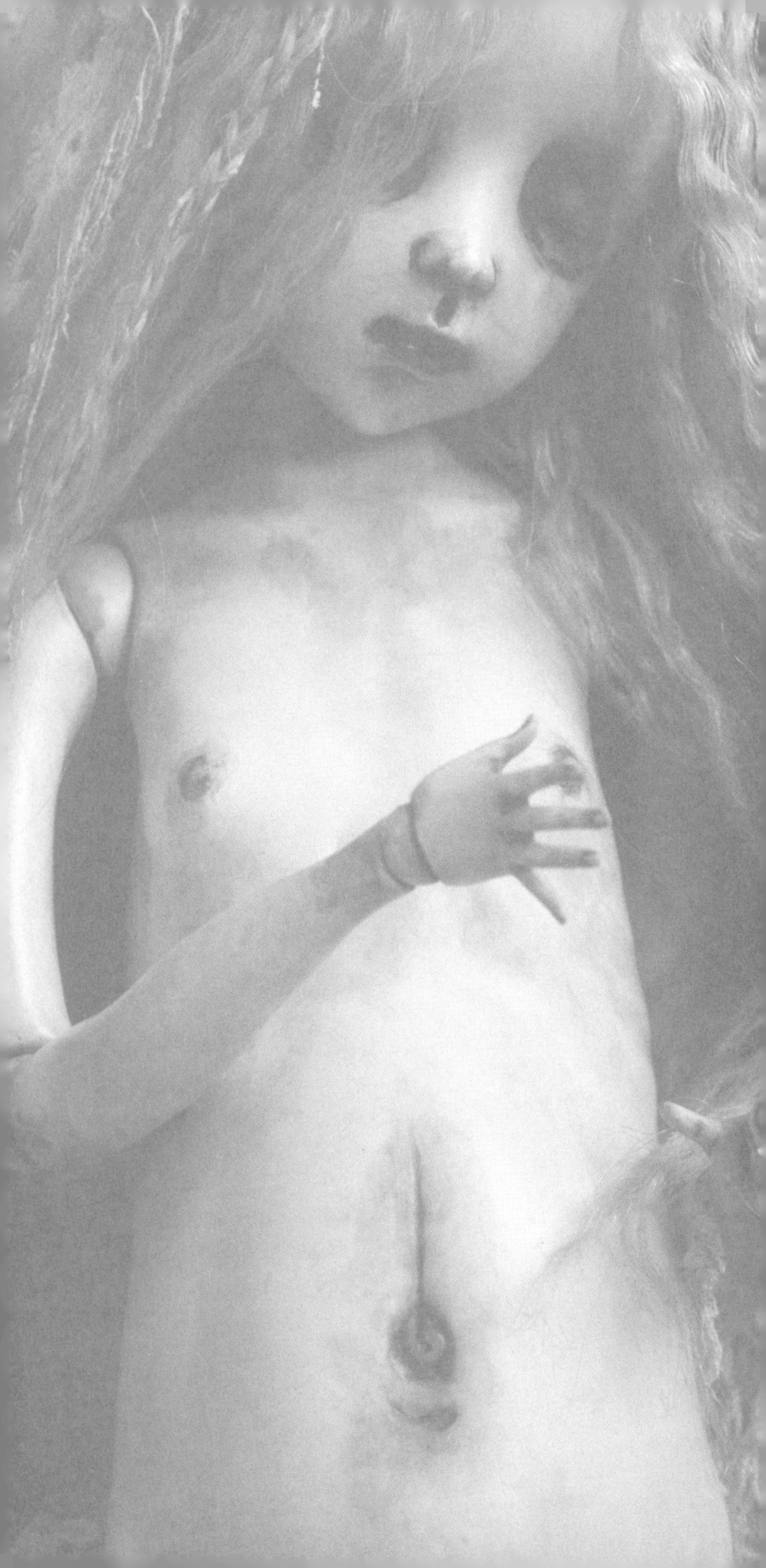

羽のない小鳥のために拵へし車椅子より木の芽伸びつつ

〈カヤクグリ〉

ホコリタケが宇宙のやうに膨れゆく秋の枯野となりて　目覚めむ

〈花籠〉

そのときが来たら起こして。 左眼は右眼に告げぬ星雲のやうに

〈コジュリン(白)〉

麦藁を集めてあさき巣を編みて汝《なれ》は汝《な》が巣に包まるる卵

〈コジュリン（黒）〉

夢がみる夢　雲の上《へ》の雲の上の雲の眼として下りくる雲雀

〈ヒバリ〉

見てゐる。見てゐる　きみの内側に生れては発ちてゆく鳥たちを。

〈ヒタキ#2〉

天から墜ちてくることがただ愉しくて（鳥曇）かくも髪ははためく

〈ココ〉

花冷えよ　銀月が双の手を伸べて待ちゐる、　たとへばわが生誕を

〈ヒヨ〉

掌《て》に抱きて息吹き込むに風船は立ちて瞠《みひら》く　運命のやうに

〈マヒワ〉

飛び去りし春丸をみるみこの眼をする水無月のLighthouse は

〈高丘親王〉

プラスチックのやうなるかろき骨を秘めて天へときみは逸りやまぬを

〈かろき骨のみこ〉

天蓋都市おのれを閉ざすひのくれにわたしはわたしの眼を描き直す

〈イスカ〉

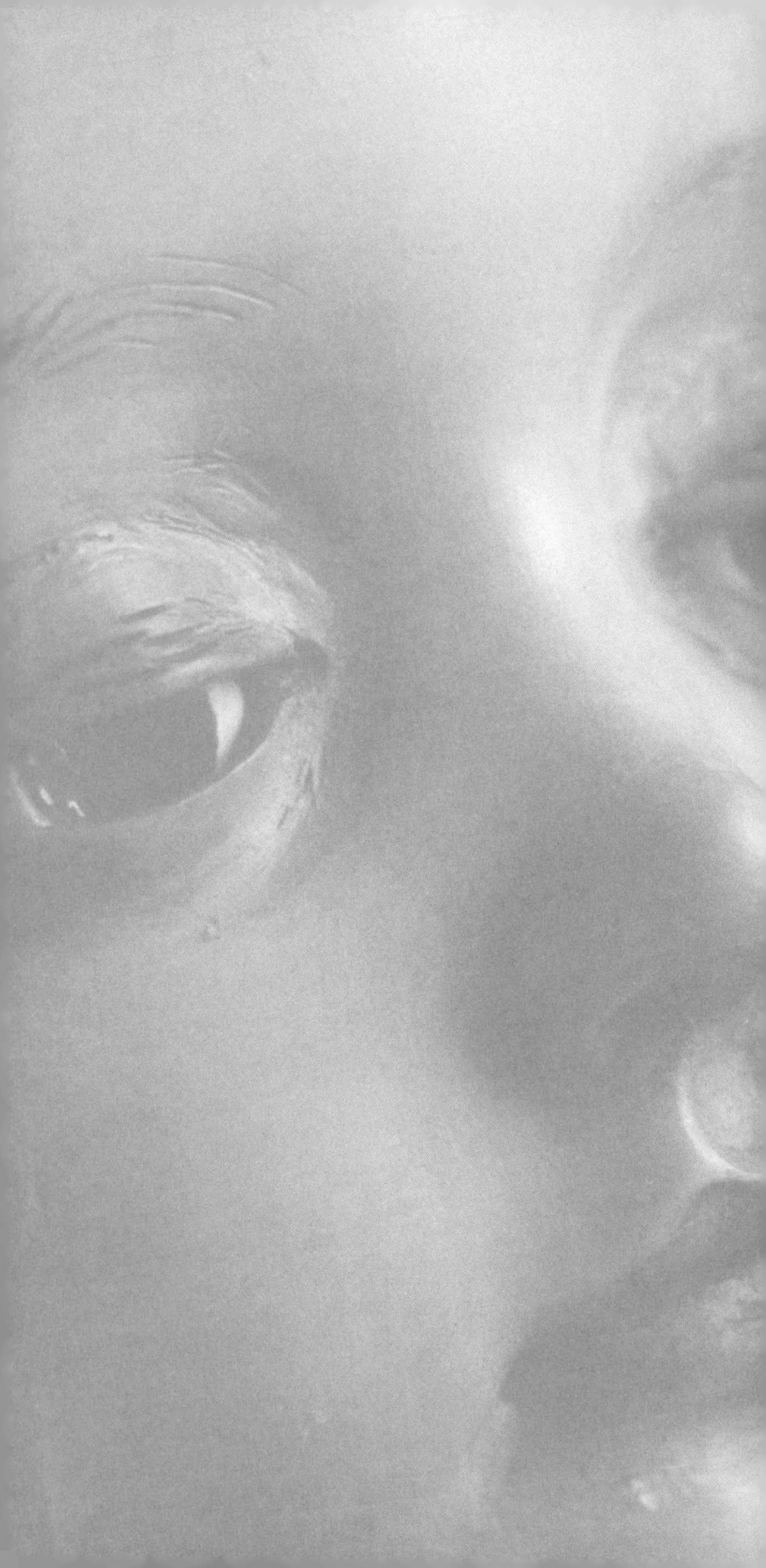

彫眼《インタリオ・アイ》　異世界の瞳孔があなたへと沈みゆくこの夜半

〈セミノコ〉

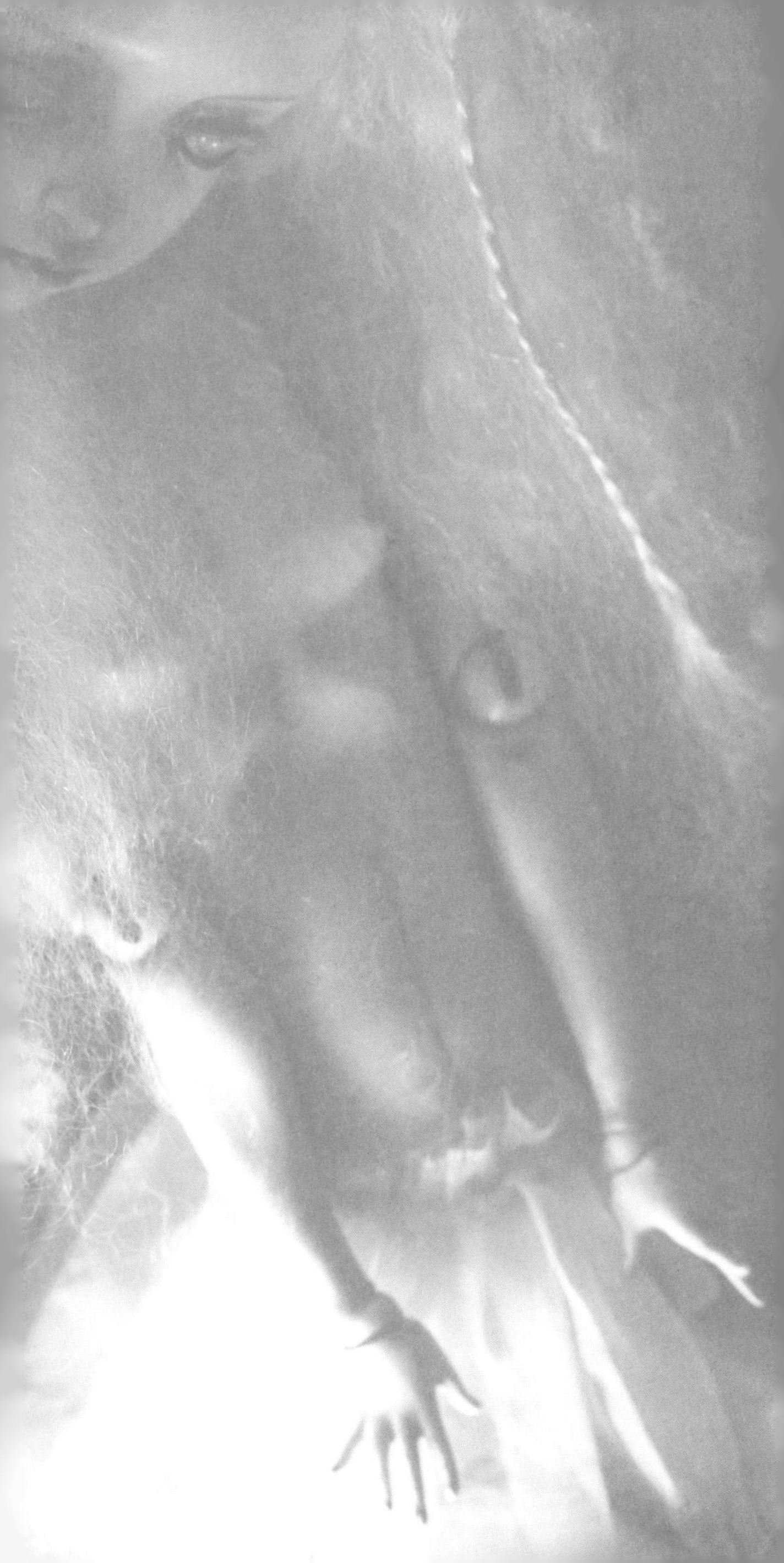

天景をいかに告げまし帰り来し少女の手より十指生ひくる

〈ヒメコウテンシ〉

わたしのからだは何でできてる　やはらかく沈むところと飛び立つところ

川野芽生❖Kawano Megumi

歌人、小説家。2018年、第29回歌壇賞受賞。第一歌集『Lilith』（書肆侃侃房、2020）にて第65回現代歌人協会賞受賞。小説集に短篇集『無垢なる花たちのためのユートピア』（東京創元社、2022）、掌篇集『月面文字翻刻一例』（書肆侃侃房、2022）、長篇『奇病庭園』（文藝春秋、2023）がある。エッセイ集『かわいいピンクの竜になる』（左右社）刊行予定。

中川多理❖Nakagawa Tari

人形作家。埼玉県岩槻市生まれ。筑波大学芸術専門学群総合造形コース卒業。DOLL SPACE PYGMALIONにて吉田良氏に師事。札幌市にて人形教室を主宰。作品集に『Costa d'Eva イヴの肋骨』『夜想#中川多理——物語の中の少女』、最新の作品集に『薔薇色の脚』、山尾悠子との共著『小鳥たち』『新編 夢の棲む街』（いずれもステュディオ・パラボリカ刊）など。
https://www.kostnice.net

中川多理展「廃鳥庭園～Le Jardin abandonné」頌

人形歌集　羽あるいは骨

2024年1月19日　初版発行
2024年2月29日　第二刷発行

短歌◆川野芽生　人形・写真◆中川多理
発行人／アートディレクター◆ミルキィ・イソベ
編集◆今野裕一（ペヨトル工房）　デザイン◆ミルキィ・イソベ＋安倍晴美　翻訳協力◆河野万里子
発行◆株式会社ステュディオ・パラボリカ
東京都台東区花川戸1-13-9 第2東邦化成ビル5F 〒111-0033 ☎03-3847-5757／℻03-3847-5780
印刷製本◆中央精版印刷株式会社

ISBN978-4-902916-50-8 C0092